隨想曲

破風、六色羽、765334、藍色水銀 合著

天空數位圖書出版

目錄

好奇不止害死貓

文：破風

随想曲

　　這句話原來是好奇害死貓 Curiosity killed the cat，是英國的諺語，主要的目的是警告不必要的調查或實驗帶來的危險，警告人們不要過分好奇，以免為自己帶來傷害。自古以來多少人不僅好奇，而且喜歡冒險，結果不止害死自己，也害許多人跟著陪葬。同時好奇害死貓這句話也被拿來當成電影的名字，女主角劉嘉玲也因此獲得金馬獎提名，以及金雞百花電影節的最佳女主角。

　　我們常常在媒體上看到這樣的消息，某某景點有觀光客為了拍照而摔死，某某知名的極限運動員，因為玩飛鼠裝而摔死，某某飛行傘俱樂部又摔死人，這些消息都跟好奇害死貓畫上等號。但這裡要說的是更深一層的東西，也就是自不量力，或是高估自己的能力，最常發生的是夏天戲水，本來戲水是很快樂的事，不過因為許多人過度自信，不帶救生衣、救生圈、繩子，發生溺水的時候，往往不止是原本的那個人，甚至害死救援的人，有時會游泳的全死了，只留下不會游泳而留在岸上的人，這時就符合好奇不止害死貓這句話了。

　　戰場上，有一種可怕的敵人，他是看不到在那裡開槍的狙擊手，他不會一槍殺死目標，而是故意讓目標的同伴有機會救他，這時，狙擊手便會射擊前來救援的人，如此一來，目標由一個變兩個，兩個變四個，並且通常可以順利殺光四個以上的目標，如果對方遲遲不來救人，狙擊手便會補一槍，讓目標的同伴充滿憤怒、哀傷、恐懼，情緒失控的出來亂開槍，結果還是被擊斃。

　　因此，在救與不救之間，需要仔細觀察與盤算，再決定是否行動。同樣的狀況，在火場也一樣，能不能進去救人？要在瞬間就完成判斷，判斷錯了，不僅救不到人，連自己甚至同事的命都賠進去。我們常看到吊車為了救援其他的車子，自己也變成被救援的對象，不是倒了，就是吊索或吊臂出問題，歸根究底，都是因為錯估形勢。

　　相當數量的網紅，為了讓自己拍攝的影片更為聳動，常常讓自己走在剃刀邊緣，一不小心，就成了遺作，也是最後身影，萬一從大樓頂端摔下去，還有可能砸死行人，或是砸毀正在馬路上通過的車，輕者車毀人傷，重者同歸於盡，連急救的機會都沒有，這些不定時炸彈，還可以延伸到各種實驗、飛彈試射、軍事演習，反正那些有危險性的事，都要小心為妙。又如四十九死的太魯閣號事故，如果當初不要試圖將工程車拉回，而是直接通報台鐵，恐怕也不會造成這麼慘重的意外。

隨想曲

並不環保的電動車

文：破風

隨想曲

　　這個標題肯定很多人不信，但當你仔細看完整篇，或許你就會改觀，原來我們自以為的環保，其實並不環保。目前電動車的電池原料，以鋰為主，而昂貴的鈷已經被鎳取代，每部電動車約需 30 公斤的鎳，假設這個世界每年生產一千萬台電動車，那麼每年的鎳需求就是 30 萬公噸，加上電動機車，應該會達到四十萬公噸，這個數據，僅為全球汽機車市場的一成左右，但達到這個數據時，鎳的價格就會失控而往上飆升，因為鎳礦是有限的，不像空氣跟水，隨處可得。

　　就算價格不是問題，人類也會因為鎳的需求大幅增加而開採，就在 2020 年，全球年開採量超過 200 萬公噸，然而已知的蘊藏量，也只不過剩下 7500 萬公噸，如果汽機車全改為電動車，三年就會耗盡所有已知礦場的蘊藏量，這是非常嚴重的問題，如果沒有發明替代方案，鎳在幾十年內被人類耗盡是必然的。

　　另一個值得深思的問題是礦場，既然是礦，那麼就有挖礦的狀況，鎳礦的開採基本上就是大面積開挖，直到沒辦法作業為止，看過礦場照片或影片的人就會知道，這是環境浩劫，而電動車的另一個消耗也很大的是馬達，為了效率，就必須使用永磁馬達或稱永磁電機，這就意味著稀土被大量運用，而稀土的開採，對環境的破壞不比鎳礦低，而蘊藏量原本就不多的地球，真的能夠承受這麼大的開採量嗎？我非常懷疑！

　　再來是充電的問題，為了加速充電，也勢必加大銅礦的開採，充電的另一個問題就是土地，如果沒有足夠的土地當充電站，那

麼目前的家用停車位要改裝，也是會增加銅的需求量，更嚴重的問題是電，最新的電動車每度電約可跑七公里，每年開一萬公里的人約需 1500 度電，舊版約 1700 度電，大約是一般家庭二至三個月的用電量，以目前台灣缺電的狀況，這個數據無疑是雪上加霜，以火力發電為主的台灣，根本不適合推廣電動車，它們會造成空氣的惡化是必然的，二氧化碳的排放也是必然的，而這個數據是在單獨駕駛，且在最省電的模式下行駛，如果車上有家人、行李、寵物，耗電量勢必更大，是否環保，答案已經非常明顯。

最後，廢電池的處理，將會是環境的浩劫之一，複雜的結構要拆解，並重新加工，絕對是嚴苛的挑戰，只不過目前因為市場規模還不夠大，我們還沒看到問題而已。在我看來，電動車只是挖東牆補西牆的作法，把汽油的污染轉為二氧化碳的排放，以及礦場資源的加速耗盡，對人類的未來不一定是正向的。

隨想曲

口頭好朋友

文：破風

隨想曲

　　有一種人，舌燦蓮花，但我們可能無意中就被騙了，以為他說的是真的，當我們真的要運用這樣的人脈時，卻發現根本不是那麼回事，除了出糗，還可能付出代價，古人說：「害人之心不可有，防人之心不可無」，其中一種，防的就是這樣的人。

　　他剛退伍，想要開一間咖啡廳，在學習的過程中認識了一位大哥，大哥看起來就是個和藹可親的中年人，沒想到卻是個非常陰險的壞蛋。大哥表面上關心他，而且很熱心地跟他交流關於咖啡的一切，甚至點心也都給了不少意見，然而背後卻是有陰謀的，大哥帶他去咖啡批發商那裡，說批發商是好朋友，表面上是介紹他認識批發商，實則跟批發商串通，以較高的價格賣給他，在器材還有點心材料、外帶紙杯上，大哥都用了相同的手段，但紙是包不住火的，他從網路應徵了一個店員，店員對於這一行已經非常了解，看了進貨成本直搖頭，並說他被坑了，只要二至五成的價格，就能買到相同的材料，果然，店員的話是真的，店員自己走進批發商那裡，用兩成的價格買到大部分的咖啡，外帶紙杯則是五成，算一算，他一共被這大哥坑了近百萬。幾個月後，大哥假借關心之名，前來咖啡廳看他，實則問他怎麼都沒叫貨了，店員不是省油的燈，馬上知道大哥的來意，冷冷地說現在都上網訂貨，庫存數量比較好控制，大哥知道無法再繼續騙下去了，從此不再跟他聯絡。

　　他總是說跟誰誰誰是好朋友，跟誰很熟，他的其中一位朋友信以為真，想透過這樣的關係，在買二手車的時候可以得到所謂

的折扣，沒想到亮出名號時，老闆根本不記得有這麼一號人物，說了半天，原來只是認識，而且已經好幾年沒見面，所謂的折扣之說根本不存在，這讓他很受傷，之前買茶葉的時候，老闆對他愛理不理，應該也是因為不想折扣。

還有一種是把兩人的關係說得很好，說有困難儘管開口，結果真的開口之後，不是不接電話，就是訊息不讀也不回，明明才換了新車，而且是現金買的，結果跟他借五千元應急卻編了一堆理由，忘記自己說過的話，說車子貸款買的，沒錢可以借，然後隔沒多久就換了新房子，朋友有難不一定要幫，因為有時真的幫不了，但這種口頭好朋友，話說得好聽，什麼有困難儘管開口只是場面話，千萬別當真，以免日後需要幫忙時，還被傷了心。

隨想曲

異性好友？

文：破風

　　男女之間會有純友誼嗎？這是個很好的問題，因為沒有標準答案，發生在不同的組合裡，就可能產生不同的結果，就算是類似的組合，也有可能產生不同的結果，現代的社會，有了網路，有了各種交友軟體，身邊的人不一定可以成為知心的人，遙遠的陌生人也有可能成為未來的枕邊人，但男女之間的情誼是很複雜的，男人喜歡女人、欣賞女人，女人也同樣喜歡男人或欣賞男人，但一開始都只把對方當成朋友，久而久之是否會發展更進一步？實在很難說。

　　他跟她是電腦班的同學，都是為了增加電腦方面的技能而去上課，由於坐在隔壁，就這樣認識了，偶爾會約出去喝咖啡，兩人都各自有家庭，也都有小孩了，但婚姻都出現問題，一開始，女方只是倒垃圾，發洩發洩而已，男方後來也開始透露妻子變了，可能有外遇，兩人已經數年沒有行房，或許是命運的安排吧！兩人分別在同一天跟配偶吵架，都是幾乎失去理智那種，在情緒失控的狀態下，兩人開車到海邊散心，由純友誼進展到汽車旅館內，但是兩人無法真正在一起，他們有各自的小孩，也都不忍心讓小孩失去父愛或母愛，所以他們的關係只發展到此，偶爾還是會到汽車旅館幽會。

　　他是個高爾夫球高手，她是球迷，幾個月後，兩人終於有機會一起吃飯、喝下午茶，她希望他教球，教球是會有肢體接觸的，他經常教別人，所以沒什麼感覺，但她本來就崇拜他，本來就對他存有幻想，而他是個潔身自愛的選手，教球也只是推廣，於是

他只是把女球迷當成好朋友，即使過了兩年還是一樣。但她不想再等了，練球練到一半，直接熊抱他，朝著他的臉親下去，接著深情款款地看著對方，這樣的告白方式很有效，不是直接被拒絕？就是直接去汽車旅館！最終他輕輕推開女球迷，要她別在公共場合這樣做，因為他是有家室的，是否發展成地下情？只有他們自己清楚，外人不得而知。

　　雙方都有婚姻的狀況，考慮的狀況會比較多，而雙方都單身呢？其實是一樣的，只要有一方是喜歡或欣賞對方，難免日久生情，就看能夠壓抑多久而已，除非喜歡上別人，轉移了注意的目標，否則終究會忍不住，向對方告白。而雙方如果都對於對方沒有喜歡或欣賞，其實本來就很難變成好朋友，因為沒有聊天的動力，又怎能推動進一步的關係呢？

隨想曲

勸敗損友

文：破風

隨想曲

　　除了喜歡占便宜的酒肉朋友，還有一種損友更可怕，那就是勸敗的朋友，這類的朋友通常都因為興趣相同而認識，其中一方的經濟能力非常好，他不會考慮對方的現況如何，只要自己買得起的，就認為對方也要買得起，並大肆吹擂該物品有多好，買了決不會後悔之類的話，如果經濟能力夠好的人當然沒什麼，但對一般人來說，這種花錢方式早晚會破產，難以承受。

　　他在獅子會認識了一個空拍機玩家，他自己也有一台便宜的空拍機，於是這段悲慘的故事就開始了，對方的機器是頂級的，加一加大約要花五十萬，他被說服了，自己也買了一套相同的，在一次約拍中，對方又告訴他，真男人就要買一部賓利，他被約去一起看車，對方是早有準備，立即下定要買，但也慫恿他一起買，但一部兩千萬左右的車，他可玩不起，於是婉轉拒絕，有次他被約到對方家中，讚美了魚缸，結果那缸魚含設備要將近百萬，對方又滔滔不絕的想說服他養一缸，於是他又莫名其妙的花了一筆，接著在泡茶的時候，對方拿出冠軍茶招待他，一斤好幾萬，就這樣又花了五萬，總之，兩人見面，他總是被說服去買很貴的東西，一年下來，竟然花了快五百萬，接著公司的營運不順，兩千多萬的資金很快的燒光，接近破產邊緣的他，從董事長變成一無所有，想恢復昔日的風光，恐怕很難，因為車子跟房子都被查封。

　　她是個百貨公司的櫃姐，賣的是高級的服飾，一個常來的顧客變成了朋友，偶爾會約出去喝咖啡，這個客人也是約她到家裡，

整排的名牌包、名牌鞋、香水、保養品，原來這個客人是毒販，想要培養下線，櫃姐想要賺大錢，也想要跟這客人一樣，擁有許多名牌的東西，所以她想都沒想就答應了，只不過她的運氣沒這個客人好，不到一年就成了替死鬼，被判了無期徒刑。

對自己好一點無可厚非，但要衡量自己的能力，遇到勸敗的朋友，最好是離他們遠一點，否則賺的錢可能不夠花，還得貸款或刷信用卡，搞得自己壓力很大，撐過去了，成功了，非常恭喜，但通常是沒撐過去，就被龐大的開銷壓死，奢侈是會上癮的，危害絕對不比毒品小，會讓人迷失，甚至出賣靈魂，出賣身體，於是男盜女娼，於是有了黑心食品，於是有了賣國賊，不是嗎！？

隨想曲

直播人生

文：破風

　　隨著疫情的嚴重，越來越多行業的銷售轉入網路，甚至以直播來販售，到底直播是怎麼一回事？可以在上面買東西嗎？真的會比較便宜嗎？品質到底如何？會有什麼樣的消費糾紛？業主要如何保障自己的權益？消費者又必須做什麼動作才能確保自己的權益呢？要怎麼選擇直播主來購買商品？這些都是我們在直播台上購買商品時要知道的基本常識，千萬不要小看，以免一不小心就掉入陷阱，用高價買到低品質的商品。

　　目前台灣在直播上販售商品，以臉書、奇摩拍賣、蝦皮等為大宗，前兩者支援電腦觀看，三者都支援手機觀看，以蝦皮為例，有在發放蝦幣的業者，基本上都財大氣粗，有一定的營業規模，單日營業額可能都在數十萬至百萬以上，這類的業者，通常已經在蝦皮上有一定的口碑，因此在價格、品質上都能讓人滿意，通常不會有消費糾紛，買到不喜歡的、損毀的，業者通常會希望消費者退回，然後退費，如果是易碎品，通常包裝外面會有警語，要求開箱時必須全程錄影，沒有錄影則不提供退換貨，因為業者也怕同行搗蛋，故意摔壞物品，然後要求退費，此時業者可能損失了運費，也損失了貨品。

　　不建議在直播上一次購買太多相同產品，最好先買一些試試，覺得可以再重複購買。例如某茶葉台，標榜台灣的高山茶，說產地是梨山、合歡山等，結果喝了之後，會澀、會讓胃不舒服，擺明了就是劣質進口茶混充的，遇到這種業主就要小心，因為劣質茶不僅傷胃，而且可能農藥超標，喝多還會傷肝。而一些有信用

的業主，會在固定的時間特賣，以量制價，此時便會有許多人搶購，如果真的有需要的話，不妨在這種時間參加搶購，可以省下一些錢。

直播的好處是可以線上問答，跟直播主即時互動，立即知道商品的規格、價格等等資訊，有些直播主會說點笑話，有的比較正經但價格實在，或是以專業知識取勝，有的則是三字經不斷，而有些則是請辣妹站台，甚至是自己穿得很清涼，正所謂八仙過海，各顯神通，各有各的粉絲群，最厲害的莫過於專業知識加上價格優勢，而且品質又良好的，往往幾個小時下來，就能創造百萬營業額，甚至數百萬都有可能，這類的業者，通常是一間公司的規模，分工精細，有主持人、小幫手、倉儲、包裝出貨等，但也有一人作業，全部自己來的，這種業者，一天營業額可能只有幾千元到幾萬元，但也夠他們忙了，因為下播後還要對帳、包裝、出貨、進貨等，並不輕鬆。

隨想曲

時鐘

文：六色羽

「你家有幾個時鐘？」修鐘的老師父，邊修我的手錶邊問我。

我楞了一下，為何他會突然問這樣奇怪的問題？

「我家的鐘，多到不可勝數，大多是客戶修好了沒來拿，或是報了價卻不想修，直接丟在這的。」

我睨著他思考，他卻專注著錶繼續說：「我常常覺得，每個鐘，都是通往每個不同時間點的門，只要你趕得上時間的速度，就能穿越空間，去到未來。」

我覺得我一定瞠目結舌變得有些痴呆，一時無法將他滿口哲學的論點，和他油頭垢面的形象結合起來。

錶終於修好了，他遞給我時，又天外飛來一筆：「時間為存在提供了依據，如果時間不存在，我們也就消失了。」他裂齒一笑，留下一道耐人尋味的伏筆。

好吧！他若想要把妹，那他的話真的煞住我了。但他得撥撥他滿屋子上千萬個鐘回到過去，讓自己變年輕一點才行，只是他年輕的時空裡，並沒有我。

走出鐘錶行，學校還有一堂必修要做期末報告，我急著跳上停靠月台的電車，半小時之內要趕回學校，心情忐忑不定，連窗外的人和車，好像也都跟著我急躁的心，加快速度模糊了起來！

火車比我想像中的還要快到達目的地，我瞄了一眼火車站前的鐘，車門打開的瞬間，腳下的布鞋驀地變成高跟鞋；手中的背包也不知何時變成了公事包！

　　我訝然不解的打開公事包，裡面的期末報告竟已不翼而飛，變成一疊厚厚的財稅報表和企劃書，腦子突然敲起了鐘聲，催促著我快點趕三點半，銀行要關門了！

　　我看了一眼手錶，推開銀行旋轉門走了進去，轉了一圈後的世界，乍然一台病床向我推來，我驚訝的看著我的身下已一片濕，羊水破了，肚子正在一陣又一陣的劇痛中，我該不會是快生了！

　　瞪著醫院牆上的時鐘我被推進了產房，父親卻躺在眼前的病床上，心電圖儀器發出偌大的聲響，醫護人員衝向他，我楞楞的被擠出了急診室。

　　「媽，快開車啊！上學要遲到了。」

　　身後頓時傳來孩子的催促聲，我不知何時已坐在駕駛座？更不知何時孩子已生了兩個？

　　發動車子時，儀錶板上的時間同時被啟動，視野愕然變成由天橋向下看，下面的城市空無一人，全世界彷如靜止不動了！

　　不會只剩下我一個人而已吧？

　　突然一群戴著口罩的人，從一巨大的市政大樓像逃竄螞蟻一般蜂湧而出，就在我還未來得及反應，前方的景象竟開始如骨牌效應一塊塊崩塌！

　　情況很不妙，粉塵引發的雲霧猶如海嘯，我跟著人群沒命的往前跑。

突然意識到，時間！快看時間！好像看了任何一個時間就能瞬間移轉到下一秒。

但末日就在身後追著我跑，哪來的時間看時間？

腳一空，終於還是被末日淹沒於靂海之中，我在無止無盡的墜落！

鈴鈴鈴——

我駭然看著鐘錶師父遞給我的手錶，他再次裂出那排黃黃的牙齒說：「記得沒有了時間，我們就不存在了。別再把錶弄壞了蛤。」

消失的字

文：六色羽

　　我有多久沒有收到妳的來信？

　　妳的信總是迎面撲來花香，打開後從信封裡會滾出的相思豆、種子、壓花、紙雕……等，妳怪招百出的思慮，我常常都有驚喜！即使親手信字跡歪歪扭扭、潦草又錯字連篇，我還是整日期待郵差快點再度送來妳的思念與話語。

　　但處在電子信與手寫信接軌帶的我們，問候已被快速方便電子通訊軟體給取代，我們的通信方式，也漸漸的被改變。

　　只是，貼圖傳來傳去，卻怎麼也無法與信箋蘊藏的溫度相比擬，連原本熱絡的訊息都漸生涼意，中間還經過幾次已讀不回、不讀不回等誤會爭吵，我們通訊軟體的那片田，開始雜草叢生，最後居然變得無話可講而失去了聯絡。

　　近日，臉書上突然看到妳的一則貼文，我訝然盯著貼文上的照片，是妳住院的病房。

　　妳在住院？生了什麼病？

　　為什麼不貼一下近照，或把病因說一下免得讓人擔心？

　　該不該與妳聯絡我猶豫不決，也許妳早已不認定我們的友情，貿然打去會不會顯得尷尬唐突？

　　晚上我下樓時，看到坐在窗邊的母親，神色黯然的正要打開一封信，我定睛一看，竟是一封訃聞！我心一凜，身子開始發冷。

　　媽在流淚，看起來十分的傷心。

那封訃聞到底是誰的啊？莫非生病的妳真的……？

我不想面對事實衝回房間，感覺身體都還在顫抖。忍不住又翻出收藏在櫃子裡妳寄來的信，信的邊緣，都已經斑駁點點的泛黃。

我屏息打開最上層的那封，一片楓葉自信中落到腳邊，我訝異的瞟了一眼那自森林神穩了快十年的秋色，然後就迫不及待的展開信回味我們的年輕。

開信的瞬間，黑壓壓的字跡，竟突然一個個冉冉升騰飄了起來，然後一個個在空中啵的一聲，字竟一行行的消失不見了！

我驚恐萬分想抓住它們，不想讓它們消失，但它們卻宛如接觸到空氣即被氧化的煙飛灰滅。我連忙把信合起來，但信箋裡的字還是止也止不住的一一飄出，我卻無計可施！

無助絕望之下，我只能在空中讀著最後一刻存在的話，然後讓它們成為永恆的回憶。

讀完所有消失的信箋後，前所未有的疲倦襲來，我倒到床上，眼皮沉重的再也睜不開來。

聽到母親上樓的聲音，她拉開我的房門，看了我一眼，就開始將桌上一團亂的信箋整理了起來，但啜泣聲從她進門那一刻就一直沒停過，雙眼哭得又紅又腫。

媽幹嘛為了妳那麼傷心？她認識的妳，大部分還不是透過我口中形容的妳，而且我們也好久不見了。

随想曲

妳的信全部被她收進鐵盒子後，我看到她把妳的訃聞也放在盒子最上面，然後自身後拿起一個郵便箱，再全部一起放進去。

我不解媽在做什麼？坐起身想問她的瞬間，涼意吹過腳底，訃聞上死者的人名，竟不是你！

星星

文：六色羽

醫院的檢查終於結束，我拖著對檢驗結果未知的惶惶不安回家。

進了家門，早已下班的阿辛捲著袖子，兩眼無神的坐在電腦前面，鏡片不斷反射出刺目的擊殺光芒，正和網友玩遊戲對決殺得不亦樂乎。

我皺著眉頭，五味雜陳的站在玄關看著他，他瞧也不瞧我一眼問：「回來了啊？肚子好餓，晚餐買了沒？」

我輕嘆一口氣，重重把便當直接壓在他拿著電動搖桿的手上，就逕直的往房間走去。

他明明知道我有輕微的咳嗽和喉嚨痛不舒服、今天要去做PCR 核酸檢測。

我以為他今天會變得有一點「人」情味，起碼對我的病，虛寒問暖關心一下，但他只關心他的肚子。

頭好沉重，放下包包，腳下的地板，突然發出咔嚓一聲。

我奇怪的低頭看，訝然這裡什麼時候有一道門？

我疑惑的蹲下身拉開門，竟然還真出現了一個地下室！這究竟是什麼時候冒出的？怎麼可能在這住了快五年今天才發現？

猶豫著要不要下去查看時，地下室驟然亮起了點點星海，我太過驚訝竟一個手滑，身子跟著咕嚕咕嚕的一頭栽了進去。

　　地板意外的軟綿綿好像草皮，只是剛剛看到的星海，卻乍然消失不見？只剩一顆星星冉冉的自黑暗中飛起，行經的路線宛如螢火蟲，照亮了一對在超商門口擁吻的男女。

　　那個男人，手裡握著那晚回家準備送給女友的求婚戒指。

　　我盯著我男友，身子冷不防一怵，五年前於超商門口看到的這一幕，怎麼還是那麼痛心疾首？原來這些年來，自己一直都沒遇到過對的人？

　　星驀地滅了，我心若槁木死灰的想走上樓時，自我身後又飄來更多的星星一直往上升，它們柔美的光芒再次吸引著我，在這地下室上方，怎麼可能會有無止無盡的星空呢？

　　一隻泰迪熊赫然被星星照亮，緊接著是被布榖鳥舖成的棉被和床，父親拿著灰姑娘故事書，坐在床邊的搖椅上對我說：「小寶貝，妳若要天上的星星，我都會爬上去摘給妳。」

　　他的大手撫在我的額頭上，我卻感受身子熱到無比的刺痛與灼熱，鼻子一酸，眼淚瞬間就流了下來，在這世界上，這也許是我唯一聽過的真心話吧。

　　耳邊漸漸傳來醫護人員的呼喊聲：「李小姐，妳 PCR 檢測為陽性確診了，我們得立刻送妳去醫院。」

　　我驚醒！茫然的看著眼前的醫護人員，許久才明白發生了什麼事，我在發著高燒。

　　視線越過他們，阿辛面無表情就站在遠處的人行道上望著我，感覺我對他來說，只是個陌生人，一點關係也沒有。

　　他看我上了救護車後沒有要跟來的意思，反而轉身走進了屋裡。

　　我心涼到底，但還是忍不住擔心的問醫護人員：「跟我住一起的丈夫沒有確診嗎？」

　　我希望他沒被我感染，希望他能逃過一劫。

　　醫護望著我，頓了頓才說：「其實……我們到妳家時，你丈夫已經猝逝在客廳，他也是確診者，我很抱歉。」

冰火

文：六色羽

料峭春寒，冰小姐躺在西伯利亞的眼淚上，看著遠方蔚藍天空的異象，一團熊熊烈火。觸目驚心的灼熱，是不是在向她宣告，她掌控貝加爾湖的時代，終究是要結束了？

這裡曾是人類最後的疆界，只有被流放者，才會在這被遺忘的嚴酷淨土流連徘徊。

在二千五百萬年前，印度板塊和歐亞板塊相互踫撞後，在喜馬拉雅山和西伯利亞間撞出一座高山，冰層最後變得薄如紙因而斷裂，貝加爾湖從此成了地球上，最深最古老的淡水湖。

冰小姐打算一探究竟，起身的瞬間，湖面出現雷霆萬鈞的龜裂，千萬年形成的堅硬厚實的冰川，是從 1637 公尺深處給地牛翻出。這底層的冰因為缺乏空氣和氣泡，在陽光照射之下，藍色的短波，被散射出來後成了她稀有的藍冰，也是她快被融化的眼淚。

火產生的熱氣絲毫無討價還價的餘地，她身上的冰在大量的消失，自湖底還不斷冒出甲烷和植物產生沼氣。為了不讓毒害的氣體融出表面，她瞬間將它們凝凍成一朵又一朵如夢似幻的白珍珠和冰針，湖面下開出她奮戰後的美麗痕跡。

一隻環斑海豹的幼崽，卡在布里亞特人從湖面鑽孔灑下的漁網上嗚咽叫著，還有幾條為數已經不多的貝加爾白鮭，同樣卡在漁網裡噗噗噗的張口呼吸。

看著自己精心孕育出來的生物，一隻又一隻的在她眼前被滅絕，她憤怒的攢起拳頭，湖面如閃電般又裂出一道偌大的裂痕，藍色冰川被切割成無數碎片，堆疊成丘阻撓人類前進。

人類為什麼就是不懂得適可而止？非要用漁網貪婪的將湖上湖下的生物，全數一網打盡！

她勾起手指輕輕一劃，漁網在她的冰刀下應聲斷裂，海豹幼崽雖重獲自由，但撫育牠的冰洞因為不斷襲來的暖流，還在慢慢融化，那會使牠暴露於天敵的危險之中。

「你是誰？」冰小姐指著火問。

「我是文明。」

「文明究竟為什麼要破壞這裡？」

「為了人類的生存與健康，我要抽光貝加爾湖的水變現金，這湖水是全世界最天然純淨的冰川水。」

她恍然想起自己的身體是由全球五分之一的淡水形成，若全數冰融，水量可供五億人飲用長達半個世紀。

但如今火來了，冰融化再也無法保持住水，水不但被大量的抽取，還被高溫給大量的蒸發殆盡。

火的勢力不但使湖面上產生波濤洶湧的危機，湖面下也不再如以往亙古寧靜。

　　一種疾病趁著冰小姐越來越殘弱悄悄的感染湖底海綿，很快的，海床就被垂死的銀綠色有機物質給覆蓋，情況蔓延整座湖，冰小姐也跟著疲弱不振。

　　一股躁動從遠處緩緩的傳來，楚客奇族人駕著狼犬的雪橇，來到湖邊的森林，高聲談論：「我們族人世世代代都喝貝加爾湖水，是她把我們養大的。現在我們居然不能再喝湖水了！還要付錢給火買瓶裝水喝，什麼道理？」

　　「淨化湖水的海綿種類逐漸減少，數量也急速的降低，湖水開始產生毒素，喝下由這裡出產瓶裝水的人，都生出了怪病。」

　　「我們得把火給趕出貝加爾湖，越快越好。」

假髮

文：六色羽

有沒有會讓你裹足不前，再三猶豫要不要繞遠路，也不想走下去的某條街或某條路？

在我家附近，就有一條這樣讓人又愛又恨的街，位在我最喜歡吃的滷味攤位上，每次嘴饞想吃美食時，就不得不硬著頭皮走，不得不經過那間讓我毛骨悚然的假髮店。

假髮店的燈光十分的昏暗，玻璃櫥窗裡，淺綠色的牆面，已斑駁發霉，整間店面呈現霧濛濛的陰森，還羅列成排戴著假髮的頭顱。

有些被頂起來的假髮，黑壓壓的頭皮下卻沒有臉，一眼看進一個空洞，更讓人頭皮發麻快步的只想快點離開此地。即使那些頭顱的麻豆都五官端正漂亮，但詭異的氛圍，在每次經過時，我都彷彿感受到有千隻眼睛正盯著我移動。

回程，嘴裡滿足的吃著滷味，一時把必經的恐怖假髮店給拋諸於九霄雲外，一個推著輪椅的路人停在假髮店門口，櫥窗反射輪椅上少女的面孔，槁木死灰還兩眼塌陷。

少女目光空洞的盯著櫥窗看裡面的假髮，我不由得看向她的頭頂，被剃得光滑溜溜，鼻子裡也插著鼻管，我連忙把咬在嘴上的肉給放下。

「要進去了嗎？」她身後的母親小心的問：「那頂長的很不錯，妳不是一直很想要留長髮？妳可以戴著它去參加畢業典禮。」

　　少女黯然垂著頭口裡不知呢喃些什麼？臉上氾濫的哀傷與無耐，飽滿的令人難過。店員熱心的走了出來向那對母女打招呼，媽媽把女兒推進店裡。

　　我還是第一次看到那個店員，以前經過時，不是快閃，就是視而不見，今天卻被他們三個人的互動給吸引。

　　店員殷勤的拿了好多頂假髮讓少女試，少女呆滯的表情，在那一頂又一頂的假髮下，好像漸漸的活了過來，我驚訝的看著恐怖假髮製造出的光芒，鼻子一酸，眼淚竟莫名盈眶，它們給了少女繼續走下去的希望。

　　假髮的製作過程其實非常繁複，約需花費 1 個月的時間，過程包括依照髮質柔軟度和粗細、將不滿 30 公分、和確定曾經染過的頭髮挑出，接著送到工廠進行消毒殺菌煮沸後，再進行揀髮拉髮、按照髮流排髮，之後依照造型需求，去分配不同的工藝，做車織或手工勾織等動作。

　　完成之後，還得再經過一道藥水清洗乾淨、風乾。

　　成形的假髮還不算完成，得再經過設計師精心剪裁、燙、和定色染色出美麗時尚的造型，才讓假髮看起來像真髮一樣自然，整個過程花費不貲。

　　頭髮從人頭上落下的那一刻，雖然就失去了生命，但一頂假髮，卻賦予它點亮別人生命的能力，幫助癌友堅定抗癌的決信心。

　　看似可怕的斷髮，除了製作假髮之外，頭髮能吸附高於它重量 3 到 9 倍的油污，澳洲正以頭髮吸油的功效，將之研發用於幫助清理漏油之類的環境災難。

　　頭髮將不再只是廢棄物。

　　再經過那條街，我也改以尊敬的心態，路過那間看起來陰暗、實為蘊藏著光輝的假髮店。

誰讓你想起我？

文：六色羽

星期天，正準備躺在床上慵懶的看個書，卻接到了你的來電。你意外的說，因為出差就在附近，能不能見個面？

見面！

我驚訝的自床上蹭坐起。這久違熟悉的聲音，自我們上次見面，是不是已經過了五年？

我家要怎麼走，你還記得嗎？

要進入你家巷子前，是不是會先經過一戶有一里長圍牆的紅瓦屋，記得那棟大戶人家的圍牆上，爬滿盛開的月季，美得如粉紅色春雨。

你確定還找得到那裡？為何會這麼突然想起我？

這五年來，我們雖然還互相保有 line，但也不曾傳過訊息。

咦！我已經在未央大道上走了好一段路了，怎麼還不見那棟紅瓦屋？

那是因為未央大道是以前商殃大道擴建的，不但寬度變寬、路徑也變得不一樣了。

當年你決定找我合夥開公司時，我們就是在商殃大道上見面的。那時你對我提出的點子和擬定的經營策略頻頻讚賞，我們敲定方針後，小小的公司在我們聯手經營下，業績果然蒸蒸日上。

　　那棟紅瓦屋，是你走向我家的第一步路標，從此你就常來我家過夜，商討經營對策到天亮。但這裡曾經做過都更，早已不是你當年想像的樣子了。

　　紅瓦屋早已經被拆了，現在變成一棟高樓大廈，我出去帶你進來好了。

　　沒事，我還是可以憑印象找到你家，只是那樣古色古香的老房子就那樣被拆了，有點可惜。我現在在思遷路，方向對吧？因為這裡有條很大的排水溝，和之前的一樣。

　　那條思遷路原本叫司馬遷道，沒想到你還記得那條排水溝啊！你延著思遷路走大概二百公尺，看到袁崇煥街右轉。

　　袁崇煥街？你哧笑了一聲，這裡的路名，和住在這兒的人一樣特別對吧？

　　你還是當年那個油嘴滑舌的生意人。我成功扶持公司直遙而上後，犯了商殃作繭自縛的大忌，功高蓋主；然後又犯了司馬遷替朋友做擔保的蠢事，最後終於失去了我在你心中的分量。

　　在我們發生最嚴重的那次爭執時，我深夜回到家，望著司馬遷道上的那條排水溝，我幾乎有輕身以示清白的念頭。我從未動過公司任何一毛錢，也許唯有跳下去，你才會再次相信我。

　　我找到袁崇煥街了，厲害吧？即使這裡和當年比已面目全非，我還是能不靠地圖找到路，真是老馬識途。

　　是啊！就如我們當年的關係，面目全非。

47

　　我最終還是沒有跳下水溝，你也藏起對我的疑惑，甘脆把我發配外地來個眼不見為淨，並繼續假裝信任我。但我依然逃不過你心裡的魔，和你耳邊的讒言，如同十二道金牌的訊息召我回國，當著董事們的面奪去我的職權。

　　那場董事會上我的下場就如同袁崇煥，被當眾一層又一層的剝下肉才死。

　　我們的友情既然早就已經到了面目全非的等級，為何你今天還要再來撕開當年的痛？

　　我在你家樓下了，是比干路 238 號對吧？

　　我屏息懂了。

　　你今天會來，該不會就是要來取我僅存的七竅玲瓏心？是妲己要你來把我心挖出來，替你那間早已病入膏肓的公司做藥引子嗎？

　　我赫然聽到幾聲狗吠聲，毛隨之豎起！

　　還記得小哈利嗎？我們剛認識時一起在公司裡認養的黃金獵犬，牠長得好大了。剛剛我開車經過這裡時牠叫個不停，所以才讓我想起你。

簡單

文：六色羽

五月疫情爆發以來，全國進入三級警戒，大難臨頭之際，鄰國印度的 Delta 變種病毒也正猖獗肆虐。恆河上飄著無數具屍體，河岸邊也堆了許多就地將遺體火化的小丘，再加上會吃掉人眼睛和致命的黑黴菌，印度疫情，簡直宛如末日駭人，鮮活的在每日頭條新聞中上演。

與其說政府「限制」我們不能出門，不如說是「害怕」讓人對出門却步與寢食難安。隨著疫情越發嚴峻，台灣也開始出現了醫院被確診病患擠爆、醫療量能不足、有人隨地倒的恐怖景象。

天天關在家，沉悶大於恐懼，焦慮大於積極樂觀，出門採買食物都如要到前線作戰，口罩外套把自己包得水洩不通，酒精狂噴，遇到生人接近就驚、停、閃一氣呵成的逃，說防疫宛如活在低速微安全版的喪屍片中，應該也不為過。

好不容採購完，疾步走出超市大賣場，總算敢在空曠地深吸一口氣。外面的空氣變得異常的清新，原本車水馬龍的快速道路，現只偶有一兩台車駛過；向一條通暢無盡的大馬路一眼望去，店家的招牌燈，在黑夜裡稀稀落落的幾百公尺才僅有一家亮著。

難得謐靜，萬人空巷下，喧囂和空氣污染突然變得離我們好遙遠。杳無人煙的街道，即使我現在躺在大馬路上看天上的星星，應該也不會被車輾過吧？

難怪被剝奪生存權和棲息地已久的動物們，在幾個世紀以來的壓抑，最近紛紛進入城市街道大刺刺的漫遊，在人口沒有爆炸性成長為患前，這裡也曾是牠們的家。

　享受一趟沒有人的夜後，我也漫步回到家。把買回來的用品全數噴過酒精，又為了不誤食酒精，還要一樣樣拿到洗手台沖過清水才安心放冰箱。

拆開早上收到的信用卡賬單，上面呈現的四位數數字讓我太震驚！

平常上萬跑不掉的卡費，現在竟省出只要幾千塊就解決的亮點！

這一個月沒出過遠門，我究竟是怎麼活過來的？深思熟慮後才發現，食衣住行只剩下兩個字帶過：簡單。

沒有逛街就沒有不必要的刺激，如衣服鞋子包包等的治裝費就省了不少；不能出遊，吃喝玩樂的旅費也歸零，賬單上最大宗的費用，除了食物還是食物。

在廣告媒體的渲染之下，我們的購物慾就會被欲罷不能的喚醒而買個沒完。當我們不能出門和人相互比較交流後，欲望就自然而然的降低；再加上變化莫測的疫情居高不下時，人們對明天和未來充滿捉摸不定的質疑，廠商再花招百出的拋出誘惑，也蹭不出消費的熱度。

第一次對身外之物，有生不帶來、死不帶去的深刻體悟。

　　原來生活可以過得如此輕鬆，以前對生活品質和外表的矜持，突然顯得很多餘可笑，人生也許真的不需要那麼多的裝飾品。

　　以前老是被賬單追著跑，現在竟能輕鬆繳，真是這場大疫下，唯一得到的小確幸。

溫柔

文：765334

隨想曲

站在人行道，等著綠燈亮起。

一陣風吹，路旁的大樹，馬上就發出驚人的聲響。

隨即，一片昏黃散落眼前。

急速降落到地面的黃葉，立刻又被強風給吹跑。

一片追著一片，互相擁擠著，追逐直到馬路的盡頭。

人煙如此稀少的早晨。

以往實屬罕見。

現在，卻快要習以為常。

綠燈亮了。

行人開始移動腳步。

人們一個個經過，只看得見彼此的雙眼，而看不見口罩底下是否帶著笑容。

猜測著，應該不是微笑的表情。

比起樹葉的匆忙。

人們的腳步聲，不再有如達達馬蹄般的追趕。

跟以前，好不一樣。

脖子，突然癢了起來。

原來是，過敏症狀在提醒我，季節已經開始進入轉換。

跟以前，一模一樣。

幸好，口罩讓我躲過粉塵的襲擊。

不再噴嚏不斷。

只是，多了一點點的呼吸不順暢。

跟以前，好不一樣。

一下子感覺一樣，馬上又會有不一樣的感受登場。

這樣好混亂。

也好不習慣。

其實，地球依然在轉動，世界依舊在運轉。

或許是，身邊許多事情的一樣或不一樣。

導致了人心惶惶。

在這樣極端不穩定的狀態中。

更要穩住自己，穩住惶恐。

唯有不停地那樣訓練，才能撐住自己心中，就快要傾倒的巨大不安。

試著不要去想未來，自己會怎麼樣。

因為，誰都無法預測未來到底會變成怎麼樣。

就像是，我們從未料到。

現在的生活模樣。

這樣如此的不自由，困住了每個人心中的野獸。

我們的怒吼，只能悶在胸膛，沒有出口。

人們一個個，繼續從我身邊淺淺的走過。

戴著耳機，還是聽見，救護車從遠方開始擴散的急迫。

五月天和孫燕姿合唱的《溫柔》，在這時，緩緩地響起。

當前奏一下，我的情緒，也立刻就被攪動。

一種溫暖的充實感動，湧上了我的雙眼。

「走在風中，今天陽光，突然好溫柔」

這樣一句歌詞，竟然讓我感動萬分。

不禁鼻頭酸，眼眶濕。

「天的溫柔，地的溫柔，像你抱著我」

每一位家人的笑臉，滿滿地、滿滿地，浮現在我的腦海中。

搭配著不快的步伐，我一一細數他們的臉龐。

在熱淚盈眶中，我突然很想微笑。

我在心中感恩也感謝。

感謝家人們一切安好、健康又平安。

甚至於，我還有一份工作可以做，每個月還有固定的收入入
戶頭。

在如此驚慌的現在。

想想自己還擁有的，而不要去想逼不得已被剝奪的自由。

海闊天空，在我們自己心中。

開心快樂，自給自足就夠。

「再把我的最好的愛給你」

是的。

我願意。

將我最好的愛。

都給你，還有妳。

隨想曲

樓上鄰居

文：765334

禮拜三。

下午三點鐘。

很準時的。

我的頭頂上，又傳來了蹦蹦蹦的聲音。

看著電視的影集。

我的心思，卻一直被樓上規律的吵鬧給吸引。

心浮氣躁的我。

只能把電視的音量調大，用來抵禦那聲音的攻擊。

隨著劇情的前進，我想跟著一步步抽絲剝繭，去找出真正的犯人是誰。

卻發現，力不從心。

因為，我只有不停的聽見。

那蹦蹦蹦的規律吵雜。

算了。

我棄械投降。

　　暫停劇情的推進，切換到音樂頻道，聽著我最喜歡的西洋老歌。

　　我決定，開始打掃。

　　這樣的勞動，還真的順利地，分散了我的注意力。

　　或者應該說，感謝先生的散漫與不修邊幅。

　　讓我必需，將每一件衣服，先翻回正面之後，再收進衣櫃。

　　以及。

　　每一隻襪子，我都得先將它鋪平之後，再去還原它的真面目。

　　然後。

　　依照顏色。

　　放回衣櫃的抽屜。

　　緩緩的忙完之後，樓上的聲音，也停止了。

　　終於，我可以開始，正常的生活。

　　當我向友人抱怨這一切。

　　友人說，也許我家樓上住了個健身教練，正在如火如荼的上著課。

　　又或者是，樓上是個正在上體育的小朋友。

　　這時，另外一個友人馬上接話。

　　她說著，她侄子，甚至連游泳課，都是線上課程。

　　正當我們聽得一頭霧水時，友人開始展現空氣泳姿，奮力地往前撥阿撥的努力前進。

　　還時不時的去調整，那根本不存在她臉上的泳鏡。

　　過一會，又變換成自由式，冒出水面來呼吸。

　　那認真的模樣，讓電腦螢幕裡面小小的每一個人，都拍案叫絕的哄堂大笑。

　　友人逗趣的動作，讓挨在一旁的先生，都忍不住看向電腦螢幕。

　　先生看完友人的表演之後，他煞有其事的說：如果我爸有修這堂課，應該可以滿分過關。

　　因為，那根本就是，我公公最愛的，大人版桌上游泳。

　　只是，輸贏是以白花花的新台幣來計算。

　　當游泳課結束，另一位友人也迫不及待與我們分享，她跟著孩子一起上英文課、客語課及台語課的心得。

　　說到最後，她的感想就是。

現在的小學生，真的是，語言天才。

在笑聲不斷中，先生突然起身，鋪好瑜珈墊，擺放好啞鈴，四種強度的彈力帶也已就位。

下線的最後一刻，友人提醒我：欸，妳即將要成為「樓上的鄰居」了。

在恍然大悟之中，我不好意思地笑了出來。

是阿。

當我在抱怨別人的時候，怎麼都忘了。

也許，我早已成為，被樓下鄰居抱怨的那一個。

感謝友人的一針見血。

讓我瞬間豁然開朗。

從那一天起。

我再也沒有感覺到，樓上的鄰居在吵鬧。

隨想曲

轉變

文：765334

我跟先生相識於大學時期。

在交往了九年之後，我們決定，攜手共度一生。

那一年，我 30 歲，先生 29 歲。

年輕小夫妻，經濟狀況中下。

因為先生工作的關係，我們搬了好幾次家。

先是從士林搬到了北投。

接著，先生又輾轉到南部工作，留我一人在台北獨守空閨。

只能利用週末及珍貴的休假，到南部去探望他。

幾年之後，再因為先生工作的變動。

我們搬回了我娘家的地盤，新北市。

為了省錢，我們兩個不顧家人的反對，租了一間 12 坪的套房來住。

當時只覺得，有個屋簷能遮雨即可。

在小套房住了五年之後，我們終於，在家人們的支援下。

買下人生的第一間房子。

與先生相識相愛那麼久，他始終是個自由自在的天秤座。

而我，則是在他的影響下，從急躁又神經緊繃的魔羯座。

慢慢進化成，懂得隨遇而安，順其自然的魔羯座。

一直以來，家務事幾乎都是我一手包辦。

因為，先生總是像個孩子般，事事需要人催促，才會動手去做。

與其每天趕鴨子上架，還不如，我自己去完成它。

這樣子的相處模式，讓我們的婚姻關係，在平穩中，更有成長。

而就在我們買下第一間房子之後，一切，都變了樣。

因為，先生竟然搖身一變，成為了家事達人。

當初，因為先生請休假不容易，所以買房的簽約、交屋等手續，都是我一個人獨立去完成。

而交屋之後，最麻煩的裝潢，就要登場。

所幸先生對於那些小細節，並無太多的意見。

只是，光是前奏搞定廠商這件事，就已經讓我精疲力盡。

想到後續工程開始後，會有更多麻煩事，我的偏頭痛，每天都按時登場。

在這種關鍵時刻，我先生，帥氣上場了。

始終在職場上都是做管理職的他，終於讓我見識到了，我從未見過的，他的管理能力。

打從一開始跟社區總幹事、水電師傅、土水師傅的交涉，以及洗水管、洗冷氣等等繁複的小細節，他通通一手包辦。

而且，做的非常妥貼。

但是，就在偏頭痛逐漸遠離我的同時，大事發生了。

入住的前一刻，我們被清潔公司放了鴿子。

晴天霹靂的我，陷入了極度的恐慌與憂鬱。

先生二話不說，馬上向公司請假，自行去添購了許多清潔用具，認真清潔。

這是我認識先生這麼久以來，第一次發現。

他竟然有潔癖。

很慶幸的，最終，我們順利的入住。

入厝的那天晚上，我們聊了許多過去，也聊了許多未來。

最重要的是，我們珍惜當下。

我問他，為何會有如此大的轉變出現。

他馬上回我，這是他自己的家，要好好愛惜它，那是一種對我，以及對房子的責任感。

看著先生的成長，我也開始反思，我是否也有所改變。

我想了想。

房貸這個一點都不甜蜜的沉重負擔，卻詭異的，讓我感到心滿意足。

原來，生活其實就是這樣。

就是，有個遮風避雨的窩，在那個窩裡面，有個愛我的人和我愛的人。

一切，足以。

隨想曲

一舉成名天下知

文：765334

奧運的熱潮，正轟轟烈烈的燒著大家的情緒。

短短幾天的比賽，讓許多選手，一舉成名天下知。

正所謂，台上一分鐘，台下何止是十年功。

獲獎的選手，興高采烈。

落選的選手，鬱鬱寡歡。

競賽最殘酷的就是，贏家只有那幾個。

而沒有贏的那好多位，他們付出的努力，絕對不會比贏家還少。

這跟現實的人生很像。

並不是付出一百分的努力，就會得到一百分的結果。

很多時候，還需要更多的幸運同行。

每一場比賽，也好像是我們的人生寫照。

這個形式，可以套用在職場上、人際關係上、感情上，以及婚姻上。

好比說，從小到大，我們歷經過多少大大小小的考試。

而在每一次的考試中，就算挑燈夜戰到天明，做好了萬全準備到考場。

最重要的還是。

需要那麼一點點的運氣在手上。

拿到試卷的同時，上面的題目，如果昨天有複習到，那真是普天同慶、祖先有保佑，讓我們可以微笑著走出考場。

再者，如果很不幸的，遇到許多不拿手的題目，只會越寫越感挫敗，連原本應該得心應手的題目，都會有失常的表現。

再來，考試成績公布時。

當你得到高分，理所當然會覺得，付出與收穫成正比。

而當分數不盡理想時，那挫折感之重，外人無法理解。

尤其是當外人看見你的沮喪，安慰就會如雪片般飛來。

怎麼想躲也躲不掉。

「沒關係阿，下次再努力。」

「不要難過，下次再加油。」

每當聽到以上這些安慰的話，就只會有更多的自責湧現，覺得自己辜負了大家的期待。

接下來，會一直檢討自己，為什麼表現的差強人意。

這就像是在場上比賽的選手一樣。

本身已經要承受超乎一般常人的體能訓練，還要帶著巨大的心理壓力上場比賽。

不論是在生理或心理上，都背負著不可思議的承重壓力。

所以，不論表現的如何。

當比賽結束。

可以檢討，但不要責備。

太多的慰問，有時也是一種無聲的壓力。

或許，簡單的一句「辛苦了」，就可以代表一切。

當然，這個世界，是很現實的。

當你寒窗苦讀十年無人問，一舉成名天下知的時候。

那成果所帶來的名和利。

好好利用它，會幫助你快速邁向成功。

不好好的利用它，只會加速你走向衰敗。

這時。

成敗。

就真的掌握在自己手裡了。

弔詭與美好

文：765334

搬了好幾次家之後。

在大學二年級那一年，父母親買了房子。

終於，安定了下來。

不再搬遷。

細數我的搬家史，那些經驗，真的可以出一本搬家攻略的小
手冊。

國中的時候，認識了一些，比較叛逆的同學及朋友。

讓我的國中生涯。

過得非常刺激，也非常精采。

不只是不愛唸書，翹課也是家常便飯。

父母親管不動，也管不了。

當時，母親試著想了解我。

卻好像，反而將我給越推越遠。

叛逆期，就是不想被大人們給理解。

現在的我，已經可以知道，她當時的心力交瘁。

　　國中二年級，換了一個新的導師。

　　她是一位思想非常前衛的年輕人，跟我們比較像是朋友，而不是長輩。

　　不論跟誰吵架、看誰不順眼、家庭不和睦、失戀，各式各樣的生活煩惱，都可以向她傾訴。

　　甚至於，在無路可走的時候，她的家門，隨時為我們而敞開。

　　在她的教導之下，我將課業維持在班上中間名次的程度。

　　因為，要是一個考不好。

　　她會要求我們留下來晚自習，背英文單字、寫數學題目、算物理跟化學公式。

　　不達她的目的，絕不罷休。

　　一個單身的數學老師。

　　有的是時間跟我們這些小朋友們耗下去。

　　升上國中三年級。

　　我叛逆依舊。

　　她卻總是苦口婆心的一再對我勸說，好好的唸一次書，考上公立高中絕對不成問題。

而當時的我，只想玩樂，不想聯考。

於是，我想出了一個絕佳的錦囊妙計。

瞞過了她，我去申請了一間私立高中。

不出我所料，順利錄取。

她還是苦口婆心的勸我，去讀公立高中，再考一間好的大學。

而我的叛逆，讓我聽不進任何勸告。。

在高一即將開學之際，我們又搬了一次家。

不想過問原因，也懶得知道是為了什麼，就跟著家人再次舉家搬遷。

這麼一搬，讓我遠離了國中的同學及朋友，開始結交新的朋友。

接著，我考上了大學，也順利地畢業。

然後，找到了不錯的工作。

在很久以後。

母親才跟我說，當時是為了，讓我遠離原本的生活圈而搬家。

這個原因，一棒將我給打醒。

時至今日，我能夠過上這樣不錯的生活。

都是因為母親的孟母三遷行為所致。

當時的她，沒有阻止我去讀一間遠的要命的私立高中，反而還支持我那麼做。

她的別有用心，加上我的叛逆不羈，正好迸出了火花。

雖然在私立高中一開始非常不適應，但是卻也因為認識了新朋友而開心。

最幸運的是，我遇到了一位超棒的國文老師。

是她開啟了我對文學的熱愛。

自此之後，無法割捨。

人生的弔詭與美好。

正好就在於，我們都不知道未來。

成長了路上，我們始終，都不會是一個人單打獨鬥。

而回饋貴人最好的方式，就是把自己的生活給過好。

讓他們不再擔心、不用牽掛。

隨想曲

父親節

文：765334

每年的七月底、八月初，就是我不喜歡的父親節要登場了。

不論是滑著手機、看著電視、走在路上，即便是大家談論的話題，似乎都離不開父親節。

小時候，我與父親的關係還不錯。

但就在年紀增長間，開始漸漸的了解，他與母親之間的許多問題。

我的父親。

並不是一位很負責任的父親及丈夫。

對他來說。

我們三個孩子，像是他的朋友，而不是他的子女。

以至於。

他對我們，並沒有太多的親情存在。

我的母親，在青春正盛的二十歲嫁給了他。

他當年，二十三歲。

結婚的理由，是因為母親懷上了我的大哥。

母親嫁進了一個政治家庭。

對二十歲的她來說，是個莫大的衝擊。

再加上，她的婆婆，用字遣詞之尖酸刻薄，令人難以招架。

在這個家，母親完完整整的成為了。

一個委屈的小媳婦。

但是，她從不抱怨。

因為，她在這個家，沒有任何聲音。

再因為，她的另一半，是個放蕩不羈的叛逆子。

我還能清楚的記得，每年的過年，是我最驚恐、也最痛苦的時刻。

不論是除夕夜或大年初一、初二，不管是初幾。

我的父親，總是窩在麻將間度過。

什麼團圓飯對他來說，可以說是一點意義都沒有。

只要是過年期間的晚飯，我都吃的苦痛萬分。

首先，約莫下午四點鐘左右。

爺爺就會叫母親，去把父親找回來吃團圓飯。

想當然爾，父親對於母親的苦勸。

充耳不聞。

接下來，時間來到了五點鐘。

爺爺開始發飆之後，父親就會摸摸鼻子返家。

再想當然爾，他把氣都出在母親身上。

那頓團圓飯，一點團圓的氣氛都沒有。

這樣的劇情，一直上演到爺爺逝世，才告一段落。

除了過年的驚恐之外。

我的父親年輕時，更是一位情場浪子。

為了這件事，他與母親歷經過無數次的爭吵。

有一天晚上，他們爭吵完之後。

我坐在自己房間的書桌前，聽著母親不停哭泣的聲音。

當時的我。

害怕極了。

我不知道如何面對、處理這一切。

在我的感官裡，整間屋子，只有母親的哭泣不停在圍繞。

還有一次，他們激烈的爭吵之後。

母親生氣地，將我的午餐，重重的摔在地上。

待她離開後，我輕輕地將便當袋打開。

那裡面我最愛吃的水梨。

已經被摔得鼻青臉腫。

那好幾十年來，還有好多、好多、好多的情節上演過。

這一切累積的成果。

是我始終無法釋懷，父親的自私與自我。

我總是羨慕別人，有個像大樹一樣的父親。

我也始終不懂得，父親這個角色應該要怎麼扮演。

但是。

我在學習。

學習與這樣的困惑相處。

我無法選擇原生家庭。

但是，我可以選擇自己的態度。

父親，他將會是我一輩子的功課。

我不會說我愛他或我恨他。

而是。

努力去適應他。

於是，每到父親節。

我就必需。

強迫自己面對這個難題。

野獸

文：765334

有一個女孩。

在我剛認識她的時候，她的內心，封印著一頭瘋狂的野獸。

因為世俗的枷鎖，以及父母親的監視。

女孩的外表，始終乖巧的平靜無波。

但是。

她的狂野，卻都反映在她的寫作及創作。

認命的她，接受了父母親，從小到大為她安排的生活。

同時，她也安靜的接受。

父母親所替她鋪路的工作。

一切的一切。

她都像隻安靜又溫柔的小貓。

靜靜地。

讓他們放肆的安撫摸頭。

直到，女孩遇見了他。

他毫不保留的，接納女孩所有的所有。

他看穿了她，外表底下的瘋狂。

她愛上他的保護。

他愛上她的矛盾。

很快地，女孩第一次有了忤逆的勇氣。

沒有夢幻的婚紗、沒有盛大的婚禮、沒有昂貴的鑽戒。

但是。

他給了她。

她夢想中的一間小小的窩。

這樣的安排，當然不是女孩母親樂見的結果。

不顧女孩的反對。

她逼著女孩，穿上一件，她為女孩所準備，但是卻完全不合她身形的婚紗。

在看似荒唐的匆忙之中。

女孩心滿意足的結婚了。

吃著她的喜餅，聽她分享新婚的喜悅及無奈。

這是我第一次，看見女孩的眼中，閃著亮亮的光芒。

好幾個年頭過去。

女孩身邊，多了兩個小男孩的陪伴。

而她依舊，還是父母親跟前的那隻小貓。

直到有一天。

女孩發現了，好多關於他的不堪。

她憤怒、她傷心、她難過。

好幾個夜裡。

她無聲的哭喊著撕心裂肺的痛。

總是逆來順受的她。

在第一次，女孩選擇了原諒。

所以，她的生活，又恢復到，幸福的一家四口。

再幾個春夏秋冬之後。

女孩再次發現。

他的故技重施。

幾經苦痛的掙扎。

女孩猶如去到了地獄，卻又活著回來。

而這一次，地獄的烈火，終於讓她痛醒。

終於。

女孩決定。

叛逆而行。

從此。

女孩的人生。

開始。

海闊天空。

她終於得到了前所未有的勇氣。

開始狂野。

女孩內心的那頭野獸。

在這時，被徹底的釋放。

那是牠首次，狂奔在街頭、狂奔在野外、狂奔在無邊無際的自由。

我又看見了。

她眼中，那閃閃發亮的光芒。

只是。

這一次的光芒裡，帶著不可一世的自信。

牠每個踏出的步伐。

都是昂首闊步，卻沒有趾高氣昂

她就好像。

溫室裡最美的那一朵花。

正在綻放著。

她最驕傲的盛開。

原來。

當一個人，挖掘出內心那個，最自信的自己。

那散發出來的鋒芒。

誰都無法抵擋。

誰說女人失去了婚姻，就等於失去了全世界。

我在女孩身上看到。

失去了婚姻之後，她完全的找回自己。

那一頭野獸是她。

她同時也是那一頭野獸的主人。

主宰著自己。

深層記憶之父子情

文：藍色水銀

　　照理說，一個五十多歲的人，應該是想不起三歲那年發生了什麼事，不過我卻對這幾件事印象深刻，彷彿才剛剛發生，那麼地清晰，又離我已經那麼地遙遠，五十年了，我從一個小娃兒變成了中年大叔，這些事卻一再出現腦海中，不斷翻騰著，而且越來越清楚。

　　那是一個颱風過後不知幾天的早上，父親拿著水桶跟遮菜罩，帶著我到天冷發電廠的出水口附近抓魚，因為水流還是很急，知道危險的我就離水遠一點，坐在一顆大石頭上，靜靜地看著對面的大水管，忽然間父親用客家話大叫「抓到了」，我把頭一抬，父親巨大的身軀在左前方，兩條溪哥在遮菜罩上掙扎，隨後便被放入水桶，之後父親重複了幾次，只抓到一隻小魚，於是將它放回大甲溪中，就這樣，我們只抓到兩條魚。母親當年才二十出頭，廚藝還不行，結果兩條魚都煎的太焦，沒有下肚，但也因為如此，母親開始認真面對廚藝，並在三十歲左右就具備了大廚的能力。

　　那時候的我，身體瘦小，所以在過吊橋的時候，總是由母親牽著，或是由父親扛在肩膀上，父親用左手抓著我的小腿，吊橋晃啊晃地，尤其是有別人一起走的時候，晃動的幅度更大，而且無法預期，這時我會本能的抱住父親的額頭，甚至閉上雙眼，直到晃動變小，有一次，父親踩破了橋面的木頭，差點跌倒，幸虧只是跪在橋面上，不然我可能就摔下橋，永遠不可能寫下這篇的內容了，回到家我才知道父親的腳受傷，血流如注地，褲子上跟地上都是血，之後還拿了一陣子的拐杖才能走路。

　　由於我有八分之一的外國血統，因此看起來跟一般小朋友不一樣，皮膚比較白，五官也不太一樣，附近的大孩子總是對我疼愛有加，不是抱著我便是背著，但那時因為大家都窮，沒錢買鞋子，有一次，最疼我的大姊姊踩到尖銳的小石頭跌倒，瞬間我就被她壓在地上，我痛得哇哇大叫，原來是左大腿骨折了，這件事折騰了很久，當時父親並不知道我已經骨折，找了東勢、豐原的幾家醫院都沒辦法治療，最後打聽到一位老師傅，他摸了摸我的大腿，接著說必須折斷才能治好，不過會很痛，但我沒有心理準備，那一下，真的太痛了，我不止哇哇大哭，只差沒在地上打滾，身體不斷擺動，總共五個大人按住我，老師傅才用四片竹片固定住我的腳，幾個月後，我又能跑能跳了，這時，家中迎來了新的成員，我的弟弟誕生，他的五官跟父親很像，於是父親開始把較多的注意力放在他的身上，父親雖然還是很愛我，但我可以感覺到已經沒那麼溺愛了。

隨想曲

深層記憶之祖孫情

文：藍色水銀

　　五歲那年，父親考上中央警官學校，這代表他要離開我、弟弟還有母親兩年的時間，於是讓我們母子三人跟著祖父母一起住。身處在大家族中，我是十四個孫子或孫女中排行第十，非常不起眼，但分家讓我意外得到了祖父較多的愛，大伯搬到目前新社花海的外圍，從此很少見面，二伯跟三伯雖然住同村，但他們的小孩都比我大滿多的，而且從小就圍繞著祖父母身邊，所以對祖父來說，我這個孫子比較特別，他錯過了我五歲之前的日子，開始朝夕相處時，我已經是個調皮搗蛋的小鬼，而不是襁褓中的嬰孩。

　　既然是分家，那就表示跟我們同住的叔叔會一起工作，他分到的部分是梨園、香蕉園，由於香蕉原本是外銷日本，卻因為出口量大幅減少，祖父無奈之下將它們砍掉，所以最後只留下幾棵，祖父落寞的眼神我至今都還記得，空出來的地全部改種枇杷，因此那一年的我們很忙，連我這小娃兒都必須幫忙家務，例如砍柴、廚房添柴火、洗米、整理紙袋、將梨子分級等等。而梨園種的是粗梨，價格不高，附近又很多鳥會啄食，只好一顆一顆的包上紙袋，是吃力不討好的工作，於是許多果農紛紛開始使用農藥。

　　那是讓人印象深刻的一天，村民們決定開始大量使用農藥，所以水溝裡的魚蝦全都會死，趁著大家還沒開始噴灑，祖父母、叔叔、媽媽都拿著網或水桶，在水溝中抓泥鰍、蝦子還有蝦虎（狗甘仔），雖然加了菜，但餐桌上的氣氛並不是很好，祖父非常反對農藥，他認為農藥不止是殺死昆蟲，連吃的人也會受害，因此這一餐大家的心情還滿沉重的。

　　等了幾個月，好不容易等到父親放假，以為可以抱抱他，結果見面就拿了一塊錢給我，要我去剪頭髮，我剪到一半，祖父剛好也要剪，於是他就幫我付錢了。回家之後我只顧著跟同伴玩，然後父親忽然出現，氣沖沖地抓著我，質問為什麼讓祖父付錢，還沒開口解釋，就拿起藤條用力抽打，我說當時坐著，祖父就直接付錢了，正想把錢掏出來還給父親，又是狂鞭幾下，然後就把我綁在鐵窗旁，用力的抽打，還一直要我認錯，我說我沒錯，就繼續被打，情緒已經失控的父親，根本不知道我已經快暈倒，直到母親從果園回來，才阻止這件事，直到現在，都已經快五十年了，我還是無法了解父親當時為什麼那麼生氣？我又沒說謊，也沒把錢花掉，而且平常都會幫忙家務，功課也很好，從那時起，我更依賴母親了，不管發生什麼事都不會跟父親說，父子之間的感情，就只是同住的親人，卻不能交心，實在讓人難受。

隨想曲

深層記憶之叔姪情

文：藍色水銀

　　五歲那年，父親因為考上中央警官學校，因此母親、我、弟弟是跟祖父母還有叔叔同住的，當時還是單身的叔叔非常照顧我跟弟弟，是父親的兄弟姊妹中，跟我最親的，雖然只有短短兩年，但他算是叔代父職，把我照顧得很好，至今他也會常常到我家坐坐，閒話家常，上個月還把我們小時候的照片拿出來，一張張回味。

　　其中有兩張照片是最有趣的，父親穿著制服、祖父穿著黑色西裝、祖母則是灰色的衣服、母親身穿白色洋裝，四個大人都一本正經的，但我則是大笑，當時年僅一歲半的弟弟更是狂笑不止，結果拍了兩張之後，大人們決定放棄正經八百，也陪著兩個小孩狂笑，這張照片也成為祖父母唯一大笑的照片，對於家族有深刻的意義在，因為他們兩個老人家一向很嚴肅，能夠留下精彩的瞬間真的非常不容易。身為攝影師的叔叔，最後也因為我跟弟弟的狂笑，跟著一起笑，乾脆放棄拍照。沒想到弟弟的狂笑不止，竟然在將近五十年後被叔叔跟父親拿出來討論，而祖父母的笑，也勾起兩人無數的回憶。

　　另外一張在台北的榮星花園，我抱著一顆圓的氣球，嬸嬸就在畫面後方，當時叔叔跟嬸嬸正在談戀愛，我這個大電燈泡原本是會誤事的，沒想到嬸嬸覺得小孩很有趣，半年之後便結婚，很快就生下堂妹，還有後來的兩個堂弟。婚禮當天是夏天，夏天是最容易有午後雷陣雨的，但因為家族的長輩堅信那天結婚對兩人最好，於是下午四點左右雷聲大作，天空忽然烏雲密布，片刻之

間就下起傾盆大雨，直到宴席結束，雨還是沒有停歇，當客人一個個成為落湯雞漸漸離席，我才發現外面已經積水約二十公分高，難怪客人都拎著自己的鞋子，被迫離開。這麼讓人印象深刻的婚宴，也讓叔叔跟嬸嬸刻骨銘心吧？

由於排水溝的設計問題，有次颱風帶來了可怕的雨量，結果雨停了三天水還沒退，國小已經開學，我因為很瘦小無法涉水，叔叔把我放在鉛桶裡用右手拉著，脖子上頂著弟弟，這樣才能把我送到公車站，放學的時候，大人們忙著搶救水果，我獨自涉水回去，媽呀！水深達到胸部跟肚臍之間，好可怕，我把書包高舉才能回到家，現在回想起來，蓋房子的人好厲害，知道要將房子墊高約一公尺。如今叔叔已經七十多歲。頭髮已經白了，那個年輕帥氣的他只留在照片與腦海中，歲月果真不饒人啊！

隨想曲

深層記憶——Shiro

文：藍色水銀

　　Shiro 是一隻白色的純種狐狸狗，非常聰明、兇悍，偶爾會太過敏感，吠個不停，其實是因為它能夠看到靈魂，也能看穿人的意圖。住在新社那兩年，除了家中的大人跟附近的小孩，Shiro 算是陪伴著我的重要夥伴，當大人們都到果園中忙碌，它跟我肩負著守護家園的責任，並成功地讓小偷知難而退。

　　它來到家中的時候，已經六個月大，不是那種小到很可愛的身形，而是跟博美狗成犬差不多的大小，此時的它雖然換了新環境，可是沒幾天就知道，這裡是它的新家，隨著時間過去，它很快就長大了，毛的長度有點像雄獅，只不過是全身都這樣，這讓它看起來非常漂亮，人見人愛，但它不讓陌生人碰的，就算是常常來串門子的鄰居也一樣，想要進入家園的範圍，必定是一陣狂吠，直到大人制止它，它才會停止。但它的靈性真的非常神奇，從未造訪的堂叔，遠從南投國姓來，它不但沒有狂吠，反而從遠方就歡迎他，彷彿知道堂叔的身分一樣。有一次，鄰居的長輩已經重病許久，Shiro 從晚上十點左右就對著它們家的天空開始狂吠，隔天傳出該長輩於晚上十一點半斷氣身亡，這時祖父才明白 Shiro 在吠甚麼？為什麼不肯停止？怎麼安撫都沒用。

　　它對陌生人的警覺性真的非常高，有一次，兩個小偷來探路，它勇敢地跑到小偷面前狂吠，隔了幾天，傳出附近有遭小偷的事件，並且接二連三，但大人必須到果園，我也必須上學，此時大膽的小偷便把目標轉到我家，他們根本不理會 Shiro，準備破門而入，沒想到 Shiro 撲上去咬了其中一人，痛得他哇哇大叫，另一人

拿起木棍，將 Shiro 趕走，Shiro 跑向果園，咬著叔叔的褲子，叔叔直覺是家裡出事了，立即衝回家，小偷知道不能偷了，拔腿就跑，此時我剛好放學，眼看著兩個小偷被 Shiro 追逐。

雖然 Shiro 成功地保衛了家園，小偷也被抓了，但在幾年後，小偷出獄了，他們為了報仇，在半夜將 Shiro 活活打死，這次小偷再度被捕，但 Shiro 已經沒辦法復活了，雖然此時我已經跟著父親搬走，但聽到這樣的消息感到非常難過，雖然已經事隔四十三年，但那份憂傷還是存在的，Shiro 是我接觸的狗中最聰明與貼心的，它知道何時該與我互動？何時可以出去玩？這已經住在我心中數十年的小傢伙，讓我好懷念。

隨想曲

深層記憶——鄰座的女同學

文：藍色水銀

　　八歲那年，搬到苗栗通霄之後，花了幾天的時間整理家園，然後就開學了，因為我是轉學生，所以成為班上同學的目光焦點，班上有一半是女生，其中有三個是比較特別的，一個是她做什麼都會引起我注意的，一個是我做什麼她都會偷偷看在眼裡的，另一個是直接在第一堂課就拿口香糖給我而認識的。

　　那是我第一次嚼口香糖，當她遞給我時，我還不知道那是什麼？於是她自己也拿了一片，放進口中開始嚼，也用手勢要我也嚼，那滋味有點嗆鼻，化學香料仿水果的味道，很甜，嚼了一會便沒有味道了，也變得滿硬的，她把口香糖吐在銀色的包裝紙上，我也照做，下課後，她便介紹了自己，還有剛剛說的那兩個女生，原來她們三個是死黨，而我們四人，在之後的三年占據了班上每次月考的前四名，沒有一次例外。她很特別，皮膚黝黑，笑容甜美，而且笑容總是掛在嘴角，只要看著她的臉，再多的煩惱也會瞬間消失，三年的時間很快就過去，我們四人的關係始終一致，她們三人是死黨，而我只是可有可無的書呆子。

　　當父親告知我又要搬家時，我其實已經沒有感覺了，在那之前就已經搬過好幾次，其中一次還是在媽媽的肚子裡。她是班上唯一寫信給我的人，那兩封信我珍藏了二十多年，在有了小孩之前，多事的父親把我所有的回憶全部燒光，包括所有朋友的來信，還有照片。我記得她是因為練習游泳，所以才會曬黑，為了拿到獎牌，非常努力，而她的弟弟也畫了無敵鐵金剛送給我，可惜這些都只存在腦海中了，真不知父親到底在想什麼？為什麼要燒掉

我的回憶？怕我妻子吃醋？結果她現在已經離我而去，而我的回憶卻都沒了。

我們四人，只有一次在校外一起玩，那是消防隊後方的草地上，她提議要玩捉迷藏，詳情我早已忘記，不知道在何處的她是否也記得我？是否記得第一次見面送我口香糖的事？是否記得這次的捉迷藏？還有那兩封信！人的一生能有幾個這樣的遭遇呢？命運的安排讓我們數十年都不再見面，卻在今晚讓我想起她，這讓我想起梁朝偉在擺渡人中的台詞，時間是一把殺豬刀，唉——沒想到已經四十多年了，不知道她是否過得安好？是否幸福？

隨想曲

深層記憶——掌上型遊樂器

随想曲

1980 年，我又搬家了，從太平搬到台中西區，當年的台中市其實還很落後，柳川還很臭，因為幾乎兩旁的住戶直接把大小便排進去，有次跟鄰居去柳川撈孔雀魚，親眼看到一坨黃金直接在他右邊兩公尺處從天而降，沒多久，隔壁也來了一陣黃金雨，而現在的屯區，大部分都還是稻田，不像現在，要找到一片稻田，只有少數的地區還有。

當時，投幣型電動玩具剛開始流行，小蜜蜂是最紅的一款，後來出現了大蜜蜂，還有大受歡迎的小精靈，我還記得要過關是有公式的，不過，需要投幣才是重點，如果剛開始玩，才半小時可能就要花掉幾十元，那可是一到兩個便當的錢啊！這麼燒錢，大人怎麼受得了？家境最好的鄰居，他的父親買了一台掌上型遊樂器，當年的科技其實不如現在，所謂的遊樂器，採用的是現在電子表的技術，所有的移動就是黑色的液晶而已，而且位置是固定的，所以玩久了就沒有新鮮感，於是這台掌上型遊樂器開始由小朋友們輪流玩，主人根本懶得玩了。

那時的我也吵著要買一台來玩，父親說我的月考能夠維持班上前五名就買，當時班上七十四個同學，我在上學期都在前五名，母親帶著我到興中街的玩具店挑選。由於平常我都有幫母親做家庭代工，而且品質都顧得很好，所以母親就多了兩百元預算，最終我很識相的挑了最便宜的那台，母親問我，是不是很喜歡寶藍色那台模型跑車？我點點頭，因為我看模型跑車的時間更久，於

114

是我兩樣都得到了，不過模型跑車要下個月領工錢才能買，那台模型車我玩了很久，連油漆都快掉光了。

社區內最終出現了三台掌上型遊樂器，小朋友們排隊玩，在假日的時候，可以聚集將近二十個人，可以說全員到齊，只有律師的女兒沒有出現，她很用功，總是拿到班上第一名，最後考上台中女中，無奈同學們都太優秀，她終於承受不住壓力，成了精神病院的病人。因為我家很認真的做代工，存了一些錢，兩年多之後在北區買了一間五樓的公寓，我知道，又到了搬家的時候了，那是很傷感的，我好不容易交了許多朋友，這下又必須全部放棄，就像之前住在太平、通霄、新社一樣，留下來的回憶，竟是抽屜裡那一台掌上型遊樂器，它曾經凝聚二十個小朋友的感情。

隨想曲

深層記憶──紅白機

文：藍色水銀

　　上了高職之前，又搬家了，這次是搬到中正公園附近，老爸的如意算盤是公園很大，晚餐後散步很方便，不過他漏算了一點，中國醫藥學院（當年的名稱）附設醫院就在旁邊，不論是凌晨三點，還是早上八點，二十四小時開放的急診室，救護車源源不斷的送病人來急診，那聲音可真叫人崩潰，尤其是剛入睡一會又被吵醒，想要再睡著，那可不是件容易的事，這也是我上了高職後天天打瞌睡的主因。老爸的如意算盤，不只是讓我功課變不好，弟弟也一樣。

　　老爸的補救措施是讓兄弟倆補習，卻忽略了救護車的聲音才是元兇，所以怎麼補？成績依然沒有起色。進了補習班，認識了一個損友，他不愛念書，上課都在看漫畫，或是拿出掌上型遊樂器，下課之後，他會到頂樓抽菸，不過他也不是一無是處，他很愛游泳，是區運的選手，所以身體很壯，皮膚黝黑。有次，他約我到他家一起玩紅白機，他的遊戲種類非常多，不過，我只會玩超級瑪莉，那時，我才明白超級瑪莉是有公式的，由於他很熟練，直接就殺到最後一關，從噴火龍那裡救了公主。接著我們玩了當時最先進的模擬 3D 棒球，後來他還大方地借我玩了好幾個月，但事實上我也只玩了幾次，因為要準備考二專了，很忙。

　　我自己的紅白機，是十七歲那年買的，寒暑假都在補習班打工，存了一點錢買的，由於預算有限，所以買的是一張卡有很多種遊戲的綜合卡，裡面有戰車、金剛、小蜜蜂等，都是投幣式遊樂器時代的產物，雖然有很多種遊戲可以選，但其實都很少玩，

花最多時間的大概就是金剛吧！這款遊戲，大概燒掉了我幾千元的積蓄，壓歲錢、零用錢、便當錢，還有打工賺的都有，我記得有一陣子，只要是下課就會跑到遊藝場，只為了玩這款遊戲。

時間真的是飛快，幾十年就這樣過去了，這幾天，SONY 的 PS5 就要在台灣開賣，我記得我只在朋友家中玩過 PS2，沒想到已經出到第五代了，無論是幾十年前的紅白機，還是最新的遊戲，對我而言就是消遣，紓解一下壓力而已，我不會再像玩金剛那樣，投入大量的金錢和時間，剛剛查了一下價格，目前紅白機含遊戲竟然只要五百元起，當年一個遊戲就一千多元，這價差也未免太大了，反倒是 PS5，含通貨膨脹算進去，漲幅竟然不多，科技進步，帶來了大量生產的好處，價格壓低。儘管如此，我應該不會再購買遊樂器了，它們為我帶來的快樂，就放在心裡最深層，因為我不需要了。

隨想曲

深層記憶──隔壁班的男生

文：藍色水銀

認識他，是因為他的班上有個女生喜歡我，他是幫忙傳遞消息的，不過當時我只有十二歲，又瘦又矮，對於已經早熟的女生，實在沒有太多興趣，而且旁邊坐的是人見人怕的母老虎，自然就對女生更沒興趣了，所以我跟這個女生沒有說過任何一句話，直到此刻，反而是這個隔壁班的男生，成了我前半生的好友，直到三十歲左右，他結婚、生子，生活重心改變，我們也就漸漸不再聯絡。

會跟他發展成為朋友，是因為音樂，我跟他都喜歡音樂，林慧萍、鄧麗君、鄧妙華、黃鶯鶯、潘越雲都是我們共同喜歡的歌星，也因為音樂，我花光了高職打工的所有收入，總共購入幾百捲的卡帶，幾張收藏的唱片，電吉他、古典吉他、民謠吉他、效果器、音箱、周邊設備。國中時壓力非常大，因為能力分班的關係，班上七十五個同學，相當於現在的三倍，學校為了不讓學生分心交朋友，三年的時間，編班了四次，因此他跟我同班了一年，那一年，我會去他家，他也會到我家，後來他選擇了念豐原高中，就是禮堂倒塌，造成二十六人死亡那一屆，那場災難，我的國中同學們共有三人罹難，十多人受傷，因為當年通訊不發達，直到事故第三天，我才確定他沒事。

之後，他從豐原高中寄了很多封信給我，很快的，他念大學了，此時的我因為情傷，什麼人都不想見，而且因為經濟的關係，無法繼續念書，準備去當兵，所以兩個人的關係暫停了，直到我確定守海防，他才收到了我的信，也才知道我已經當兵一年，退

伍後，他還在念書，再見面的時候，他已經碩士畢業，我們偶爾會見面，通常是在麥當勞，或是春水堂創始店，還有一次是在 TGI Fridays，那時他的收入不錯，所以已經開始到這樣的餐廳消費。

二十年沒聯絡了，他家的電話號碼我還記在腦海中，他送我的林慧萍照片我還留著，在寫這篇文章的時候，想起了無數個跟他見面時的情景，那是一段真正的友誼，人的一生，能有幾個這樣的朋友呢？我只有三個，另外一個正在為三餐打拼，偶爾才有他的消息，一個是我現在的房東，我們偶爾會坐下來聊聊天，關心彼此，為對方注入滿滿的正能量，至於何時再跟這個隔壁班的男生聯絡，我想應該是手頭工作暫時告一段落吧！

隨想曲

深層記憶——五歲的我

文：藍色水銀

　　大甲溪天輪水力發電廠，四根巨大的綠色水管，從山頂到平地，進入發電廠，再將水排入大甲溪，這是我每天站在吊橋上可以看到的景象，我就住在發電廠對面，非常小的社區，腹地很小，大約五百坪大而已，鄰居都是警察跟他們的家屬，派出所就設立在此，對老爸來說，這個工作是錢少事少離家近（就在旁邊而已），位低權無責任重，他們的真正勤務，其實是保護發電廠的安全，至於治安問題或交通問題，在當年可以說是非常少。

　　社區有三個大孩子，有的國小快畢業，有的念國中，還有一個比我小，我的活動範圍就是這五百坪大小，偶爾會跟著大孩子溜到大甲溪玩水，不過我很瘦小，不敢下去玩，多半在岸上堆石頭，或是看著出水口的水發呆，如果是冬天，水比較淺，母親會拿著漁網撈魚或蝦，當時還看得到野生的鰻魚、三角姑（淡水河鱸）、石貼仔（台灣纓口鰍）、埔里中華爬岩鰍，現在數量大減，剩下比較多的是川蝦虎、溪哥、苦花、台灣馬口魚、石賓等，至於傳說中的香魚，我完全沒看過，母親捉蝦的技術很好，但它們的大螯很可怕，我只敢在餐桌上碰它們，我會捉的就是兩公分左右的黑殼蝦而已。

　　社區的後面是白毛山，角度很陡，所以不會有人去挑戰，在一次颱風之後，崩了一小塊，雖沒有造成土石流，但促使了父親有轉調的念頭，經過母親的勸說，在幾個月後搬到東勢，弟弟不久後就出生了。那是我第一次跟許多小朋友在一起，幼稚園教的其實很簡單，注音符號跟簡單的加減法，那我早就會了，而我對

幼稚園最大的印象是點心，鹹粥、餅乾、牛奶，多年後，我還是會買那種圓圓的餅乾來回味當年的味道。

弟弟很快就會爬了，我會在旁邊保護他，不讓他到危險的廚房，如果他的尿布臭臭了，我也會找母親來更換，當弟弟會走路時，我的任務就是時時刻刻盯著他，因為母親要忙著家事、織毛衣，帶著兩個小孩，她也只能在家裡加工，補貼家用。因為公家宿舍很窄，父親很快就發現空間不夠用，而叔叔的新房子正在蓋，某天，父母親在打包東西，我的任務還是時時刻刻盯著弟弟，於是短暫的幼稚園學程就跟我說再見了，當天下午，我們就搬到新社，跟祖父母、叔叔同住，二伯、三伯也住附近。

隨想曲

深層記憶──瘋狂的小孩

文：藍色水銀

　　對於現代的小朋友來說，我的童年經歷簡直就是天方夜譚：吹牛的吧？但在那樣的年代，似乎也沒那麼瘋狂，不少人應該都經歷過類似的狀況？究竟有多瘋？我一時也想不起來，必須慢慢回想。就從印象比較深的四歲開始好了，那年，還住在天輪發電廠對面，吊橋其實狀況不太好，父親踩破的木板，上面還有血跡斑斑，我為了一顆彩色的糖果，單槍匹馬過吊橋，搖搖晃晃的橋，恰巧有人過橋，我只好緊抓著鐵絲，等他完全過了才敢繼續前進，最後，雜貨店的老闆給了我那顆糖，聽母親說，她後來有去付帳，原來我四歲就開始賒帳了？這說法有點怪。

　　住在新社的日子，就是玩，常常玩到天黑玩到肚子餓才會回家，而且很多小朋友都一樣，但其實還滿危險的，因為我們都打赤腳，沒鞋子穿，鄉下的青蛙很多，這表示蛇也很多，印象中，青竹絲、百步蛇、龜殼花都看過，因為知道危險，手裡都會拿一隻小木棍防身，有次差點派上用場，青竹絲竟在每天經過的竹子上，祖父知道之後，只好把竹子全都砍掉，於是它的家就這樣沒了。

　　到大甲溪河床上抓魚，大概是最興奮的事了，因為我可以在石頭上跳來跳去，有點像打水漂那樣，只不過方向不一定，運動神經沒我這麼好的母親，深怕我跌倒，一直要我小心，才一分鐘左右，我已經在很遠的地方泡腳了。乾季的時候，大部分的魚都聚在較深的水塘，幾乎沒有進水量，把石頭搬開，就有大蝦可抓，偶爾會有螃蟹或鰻魚，大人們則是想辦法抓魚，玩累了，直接躺

在一顆大石頭上，望著湛藍的天空和變幻莫測的雲，而夏天，我們是被禁止到溪裡玩的，因為水流湍急，當時上游的水力發電廠隨時會放水發電，水流變化很大。

小朋友還有很多可以玩的，既可以玩，大人也會稱讚，那就是先割草，然後玩家家酒，把草當成菜，有些則拿來編織皇冠。遇到金龜子大發生期時，會抓一隻用線綁住它的後腿，讓它一直轉圈圈飛，最後還綁在氣球上，讓它一會飛上去一會下來，結果氣球爆了，祖母被嚇一跳很生氣，拿著藤條要追打我，有一晚，一次綁三隻，吵得大人受不了，直接把線剪斷放生，活玩具就這樣沒了，現在想想，當時真的很調皮，天不怕地不怕，什麼都玩，真是個瘋狂的小孩。

國家圖書館出版品預行編目資料

隨想曲／破風、六色羽、765334、藍色水銀　合著. —初版.—
臺中市：天空數位圖書　2021.09
　面：14.8*21 公分
　ISBN：978-986-5575-60-1（平裝）

863.55　　　　　　　　　　　　　　　　　　　　110015209

書　　　　名：隨想曲
發　行　人：蔡秀美
出　版　者：天空數位圖書有限公司
作　　　者：破風、六色羽、765334、藍色水銀
編　　　審：此木有限公司
製 作 公 司：智慧熊投資有限公司
美 工 設 計：設計組
版 面 編 輯：採編組
出 版 日 期：2021 年 09 月（初版）
銀 行 名 稱：合作金庫銀行南台中分行
銀 行 帳 戶：天空數位圖書有限公司
銀 行 帳 號：006-1070717811498
郵 政 帳 戶：天空數位圖書有限公司
劃 撥 帳 號：22670142
定　　　價：新台幣 270 元整

電子書發明專利第　I　306564　號

紙本書編輯印刷：
電子書編輯製作：
天空數位圖書公司 E-mail：familysky@familysky.com.tw　http://www.familysky.com.tw/
地址：40255台中市南區忠明南路787號30F國王大樓　Tel：04-22623893　Fax：04-22623863